Irina Drozd

...ntier

Collection Jeunes du monde
dirigée par
FLAVIA GARCIA

ÉDITIONS DU TRÉCARRÉ

Données de catalogage avant publication (Canada)

Drozd, Irina, 1954-
   L'héritier
   (Collection Jeunes du monde)
   ISBN 2-89249-691-8
   I. Titre. II. Collection.

PZ23. D76He 1997   j843' .914   C97-940241-7

Éditions du Trécarré
817, rue McCaffrey
Saint-Laurent (Québec)
H4T 1N3

Directrice de la collection: *Flavia Garcia*

Conception de la maquette: *Joanne Ouellet*

Illustrations: *Christine Battuz*

Mise en pages: *Ateliers de typographie Collette inc.*

ISBN 2-89249-691-8

Dépôt légal – 1997
Bibliothèque nationale du Québec

Imprimé au Canada

Éditions du Trécarré
Saint-Laurent (Québec) Canada

RETOUR AUX SAINTES

Cette histoire eut lieu bien des années avant qu'un port de plaisance ne fût construit aux Saintes-Maries-de-la-Mer. Évariste habitait encore dans le bunker et les flamants étaient encore d'un beau rose.

Comme promis, il réclama l'enfant dès qu'Orlando eut atteint ses douze ans.

Pendant des années, Marie avait espéré qu'il oublierait sa promesse et les laisserait en paix. Elle savait pourtant qu'Orlando devait être l'héritier.

Elle avait essayé de temporiser; tous ses pauvres arguments avaient été balayés comme par le mistral et, finalement, elle avait dû céder. Elle avait aidé Orlando à faire sa valise, l'abreuvant de recommandations que le garçon écoutait d'un air distrait.

– Tu ne fais pas attention à ce que je dis, reprocha Marie.

Orlando sourit d'un air d'excuse.

Et, comme toujours lorsqu'il souriait, elle revoyait en lui sa jeune sœur. Dans l'éclat argenté des yeux gris, dans le froncement du nez légèrement retroussé, dans la douceur des lèvres.

– C'est vrai, je ne t'écoute pas assez, mais...

Le gamin se mordilla nerveusement les lèvres.

Il se sentait extrêmement troublé, et n'osait pas en parler à sa tante. Il voyait bien qu'elle désapprouvait ce voyage et il savait qu'il ne pouvait s'y dérober. Il s'était résigné tout en faisant semblant de le trouver excitant.

En vérité, ce séjour aux Saintes-Maries le terrifiait. Pour la première fois de sa vie, il rencontrerait son père. Il n'était même pas certain de le reconnaître. Il n'avait vu que quelques photos de journaux à l'époque où le célèbre matador Manolo participait à de fameuses corridas.

Orlando ne put s'empêcher de poser encore une fois la question qui ne lui avait jamais valu de réponse satisfaisante.

– Pourquoi il veut me voir, maintenant?

– Il l'a promis à la mort de ta mère. Tu es son héritier.

Le grand Manolo était aussi le propriétaire d'une des plus importantes manades de Camargue.

– Pourquoi maintenant? insista encore Orlando.

Marie soupira.

Comment dire à son neveu que Manolo avait estimé qu'il lui faudrait douze ans pour pardonner à son fils d'être né.

– Il voulait être sûr que tu le comprennes, je suppose, répondit la jeune femme.

Le gamin haussa les épaules.

– Ben voyons, marmonna-t-il.

Il ferma sa valise d'un claquement sec.

– Je crois que ne je n'ai rien oublié, annonça-t-il d'une voix à peine trop aiguë.

Laurent les attendait déjà dans la voiture.

Celui-ci avait épousé Marie cinq ans plus tôt et il avait toujours considéré Orlando comme son propre fils.

Laurent n'avait qu'une envie: casser la figure de cet abruti de matador qui se souvenait enfin qu'il avait un enfant, et voulait le leur reprendre.

De toute façon, il détestait les corridas.

Il aida Orlando à mettre sa valise dans le coffre.

– Tu te sens comment? demanda-t-il au gamin.

Orlando sourit bravement.

– En pleine forme.

Il préféra ne pas exprimer sa hâte de voir les deux prochaines semaines franchies, mais il le pensait très fort.

Orlando avait été un peu impressionné de prendre l'avion tout seul, mais une charmante hôtesse s'était occupée de lui presque tout le long du voyage. D'ailleurs, le gamin avait été si absorbé par ses pensées qu'il ne sentait pas trop le temps passer. Au contraire, il fut surpris d'arriver déjà à Nîmes. Il avait vaguement espéré que son père vînt lui-même le chercher à l'aéroport tout en redoutant cette éventualité. Il ne s'estimait pas suffisamment préparé pour une première rencontre.

En fait, il se demandait s'il le serait jamais.

Il en voulait à son père de ne jamais avoir donné d'autre signe de vie que des chèques destinés à son éducation et à son entretien.

Il récupéra son sac de voyage, et se dirigea lentement vers la sortie de l'aéroport, ne sachant trop que faire.

Un homme s'approcha de lui. Il était grand et son visage tanné par le soleil et l'air comportait plus de rides que son âge lui avait donné de cheveux blancs. Il portait des jeans usés et une chemise à petits carreaux.

– Vous êtes Orlando? demanda-t-il d'une voix aux inflexions chantantes.

Le gamin sourit, gêné, peu habitué à être vouvoyé.

– Oui, répondit-il simplement.

L'homme eut un engageant sourire.

– Je suis Dominique, le patron m'a envoyé vous chercher.

Il empoigna le sac d'Orlando et se dirigea vers le terrain de stationnement.

Le jeune garçon suivit l'homme jusqu'à une jeep. Dominique jeta le sac à l'intérieur, et fit monter Orlando.

Un garçon d'à peu près son âge était assis à l'avant. Il était brun et ses yeux d'un noir éclatant considérèrent Orlando avec curiosité.

– Bonjour, fit Orlando.

L'autre répondit par un léger signe de tête.

– C'est Gabriel, présenta Dominique en s'installant au volant.

Puis il démarra.

Ils roulèrent silencieusement.

La nature rêveuse d'Orlando s'accommodait du silence. Même s'il se demandait qui était ce garçon, il ne se sentait ni assez à l'aise, ni assez curieux pour le demander. Que lui importait, au fond?

Il avait déjà assez à faire avec le paysage. Marie lui avait bien sûr parlé de la Camargue. Il avait vu des photos et avait adoré le film *Crin blanc*. Mais à présent que la jeep s'engageait dans les plaines où rien n'arrêtait le vent, où déjà l'odeur saline lui parvenait, il sentit un petit pincement au cœur. Il s'était juré de ne pas se laisser avoir par la beauté simple de la Camargue, de ne pas accorder ce crédit-là à son père. D'ailleurs, son père n'y était pour rien.

De loin en loin, Orlando apercevait des mas blancs aux toits de chaume. Et des pancartes destinées aux touristes: «Visites de taureaux, à cheval».

Il sourit en voyant des flamants roses. Marie lui avait expliqué la raison de leur couleur, les crevettes roses dont ils se nourrissaient, mais il n'avait pas imaginé un rose aussi brillant.

Orlando aperçut le clocher de l'église des Saintes-Maries-de-la-Mer.

Il savait que l'église datait du treizième siècle. Il espérait que son père l'y conduirait, ainsi qu'à Aigues-Mortes et aux Baux-de-Provence. Il rêvait même de voir le moulin d'Alphonse Daudet, à Fontvieille, si jamais le moulin avait existé.

Mais peut-être que son père ne l'accompagnerait nulle part! Orlando se demanda pour la millième fois pourquoi son père tenait tant à le rencontrer.

– On arrive, annonça Dominique.

S'éloignant du village, ils avaient bifurqué sur une route sablonneuse s'embourbant dans les marais salins où quelques chevaux en liberté broutaient tranquillement, indifférents à la jeep.

– C'est encore loin? fit Orlando, pour dire quelque chose.

Dominique se mit à rire.

– On est chez le patron depuis qu'on a quitté la route.

Impressionné, le gamin hocha la tête en silence.

Son père devait être très riche.

Et alors, de loin, il vit la maison.

D'abord un grand portail de bois, ouvert, encadré par des murs blancs.

Du portail, une allée menant à une grande bâtisse, un vrai mas. La maison de son père.

Dominique arrêta la jeep devant la porte d'entrée. Aussitôt un homme sortit du mas, s'avança vers la voiture.

L'homme était grand, mince et sec, avec un visage hâlé au regard sévère. Orlando reconnut son père. Il avait longuement regardé sa photo dans l'avion.

Le gamin descendit de la jeep et resta accroché à la portière, ne sachant que dire, n'osant tendre la main, encore moins la joue.

– Tu n'es pas très grand, remarqua «Manolo», dont le vrai prénom était Georges, mais tout le monde l'avait oublié depuis longtemps.

Orlando rougit.
– Ma mère ne l'était pas. Et j'ai encore le temps de grandir, rétorquat-il d'une voix claire.

Le visage de son père se fendit d'un bref sourire, comme s'il appréciait la réplique de son fils.

– C'est vrai. Entre. Dominique, porte le sac de mon fils dans sa chambre.

Orlando frémit en entendant ces paroles. Jusqu'à présent, il n'avait fait qu'imaginer ces mots «mon fils». Et à présent qu'ils étaient vraiment prononcés, d'une manière si directe et anodine, il se sentait malheureux de ne pouvoir y répondre par le mot «papa».

– Gabriel, selle deux chevaux, je veux montrer la propriété à Orlando... Tu montes à cheval, n'est-ce pas?

– Oui, oui, se hâta de répondre le gamin.

Le sourire réapparut.

– Très bien. Marie a suivi mes consignes.

Gabriel claqua la porte de la jeep en descendant et lança un regard furieux vers Orlando.

– Dépêche-toi, fit encore Manolo.
Puis il prit son fils par les épaules.
Viens, je vais te montrer ta maison.

La fin de l'après-midi se passa
comme dans un rêve. Le père
d'Orlando lui montra les moindres
recoins du mas, puis ils partirent à
cheval à travers le ranch dont les
dimensions étonnèrent à nouveau
le garçon. Ils croisèrent plusieurs
chevaux et taureaux apparemment
en liberté.

– Il y a des gardiens... des gardiens, précisa Manolo, et il désigna
du doigt des hommes à cheval qui
circulaient entre les bêtes.

Ils rentrèrent au soir couchant.
Orlando avait les joues et les narines
ivres d'air marin et les yeux pleins du
soleil flamboyant qui se noyait dans
les herbes.

Il était heureux, prêt à aimer ce
père qu'il ne connaissait pas.

La table était déjà prête. Une

grande table rustique en bois massif, recouverte d'une nappe provençale.

Deux couverts étaient dressés.

À leur arrivée, Gabriel s'était précipité pour rentrer les chevaux à l'écurie.

– Assieds-toi, fit Manolo en s'installant.

Aussitôt, une servante âgée apparut, portant un plat qui embaumait l'ail et le poisson.

– C'est de l'aïoli, j'espère que tu vas aimer. Mireille le réussit à merveille.

Orlando sourit.

– Ça sent drôlement bon.

Dans la maison, il se sentait à nouveau tendu; l'enchantement de la balade à cheval s'était estompé, et il se débrouillait pour ne pas prononcer le mot «papa».

Il remercia d'un sourire encore plus éclatant la cuisinière qui le servait.

– Merci, madame.

– Vé le pitchoun! Il faut m'appeler Mireille, comme tout le monde!

– Merci, Mireille.

– Je crois que tu lui plais, fit Manolo.

Orlando rougit et piqua du nez vers son assiette.

Il ne savait pas du tout comment se comporter avec des domestiques. Marie faisait tout elle-même. Elle serait morte de honte si elle avait eu besoin d'une femme de ménage. Et pourtant, Dieu savait qu'elle détestait le repassage.

Gabriel pénétra dans la salle à manger et s'arrêta net devant la table, l'air surpris.

– Eh bien? Tu t'es occupé des chevaux? questionna Manolo.

– Oui, oui. Je venais... Je croyais que... il y avait d'autres couverts, murmura le gamin, baissant la tête.

Manolo sourit.

– Pas ce soir, Gabriel. Ce soir, les domestiques mangent à la cuisine. Je mange avec mon fils.

Gabriel se redressa, les yeux luisants de colère.

– Parce que je suis un domestique, maintenant? Juste parce que ce...

Il ne put terminer sa phrase. Manolo s'était levé brusquement et l'avait giflé à toute volée.

– File! ordonna-t-il.

Gabriel se détourna. Les joues rouges de honte et les yeux remplis de larmes, il s'enfuit vers les profondeurs du mas.

– Manolo, intervint doucement Mireille.

Manolo la toisa d'un regard hautain.

– Tu as quelque chose à dire? Tu penses qu'Évariste pourrait avoir quelque chose à dire?

La servante baissa les yeux.

– Non, bien sûr que non.

Elle se hâta de remplir l'assiette de Manolo qui se rasseyait, et disparut vers la cuisine.

Orlando toussota pour attirer l'attention de son père.

– Qui est Gabriel?

LE BÂTARD

— C'est le bâtard d'Évariste, avait répondu Manolo d'un ton agacé, et Orlando n'avait pas osé demander qui était Évariste.

D'ailleurs, Manolo avait enchaîné sur les détails du séjour de son fils en Camargue. Il devait rapidement s'habituer à son pays, aux habitants des Saintes.

— Et puis, tu verras, la Fête du cheval, et les courses de taureaux. Et, bien sûr, la procession des gitans qui viennent célébrer Sara, leur patronne. La sainte qui a débarqué aux Saintes-Maries-de-la-Mer avec deux autres, je ne me souviens jamais de leurs prénoms.

Un peu interloqué, Orlando se rendait compte que son père parlait d'événements qui auraient lieu en mai et en juin.

À ce moment-là, il serait à Paris.

Manolo remarqua le regard inquiet de son fils et sourit.

– Tu pourras revenir les fins de semaine, n'est-ce pas?

– Oui, oui, bien sûr, acquiesça le gamin, rassuré.

– Va te coucher, à présent, tu dois être fatigué.

Orlando hocha la tête.

– Un peu. Bonne nuit...

Il avait le mot «papa» sur le bout de la langue, mais il n'arrivait pas encore à le prononcer.

Au matin, Orlando s'était levé tôt. Il n'avait pas eu envie de paresser dans le grand lit de cette chambre trop grande. Une chambre de maître. Il avait repéré qu'elle n'était pas très loin de celle de Gabriel. En allant se coucher, il avait un instant pensé aller le voir, puis s'était dit que Gabriel n'apprécierait peut-être pas son initiative. Il s'était enfoui sous les couvertures, le cœur gros. Marie et Laurent lui manquaient.

Il se sentait étranger dans cette maison qu'il ne connaissait pas et qu'il n'était pas sûr de désirer connaître.

Du moins tant que les choses ne seraient pas plus claires entre son père et lui. Que voulait-il de son fils? Qu'espérait-il de cette rencontre?

Jusqu'à présent, il s'était comporté comme un hôte poli, pas comme un père.

En vérité, Orlando n'imaginait pas trop comment son père pourrait se comporter. Il avait pour modèle la tendresse bourrue de Laurent. Orlando savait que Laurent l'aimait beaucoup, qu'il avait toujours regretté de ne pas pouvoir l'adopter.

Faire de lui le frère légal de l'enfant que portait Marie. Secrètement, le gamin espérait que ce serait une fille.

En pénétrant dans la salle à manger, Orlando trouva le couvert prêt pour son petit déjeuner, et il se rendit compte qu'il avait faim.

Mireille apparut comme par enchantement pour lui servir un odorant chocolat.

– Vous préférez peut-être du café au lait?

– Non, ça va très bien comme ça. Merci... Mon euh... père est déjà levé?

– Depuis longtemps! Il y a beaucoup à faire... Il a demandé à Gabriel de vous conduire à lui, à cheval.

– C'est gentil de sa part...

La cuisinière allait s'en retourner quand Orlando la retint.

– Madame, je veux dire, Mireille... Qui... Qui est Évariste?

La brave femme soupira. Elle se

doutait bien que ce garçon lui poserait cette question. Il avait l'air doux et tendre d'une fille, mais elle devinait une volonté inflexible sous cette apparente douceur.

Sa mère avait été ainsi. Flexible comme un roseau à l'extérieur, dure comme le cristal à l'intérieur.

– Le père de Gabriel.

– Ça, je sais. Mais encore? Il est mort ou quoi, pour que Gabriel soit ici?

– Il... ne pouvait pas vraiment assurer son éducation, répondit lentement Mireille, comme à regret.

– Pourquoi? demanda encore Orlando.

– C'est un clochard! Un fauché! Un alcoolique! Voilà pourquoi! claqua la voix de Gabriel. Et si tu as des questions à poser sur mon... père, pose-les à moi!

– Je ne voulais pas me montrer...

– Indiscret? Ben voyons! Mais tu

as tous les droits ici, n'es-tu pas le fils du maître?

Orlando eut un bref sourire, triste et amer.

– Si peu.

– Tu t'habitueras à lui, tu verras. Si tu as fini, on y va.

Orlando se leva prestement.

– Oui, je te suis... Merci, Mireille.

– C'est ça, merci Mireille, fit Gabriel d'un ton narquois.

La servante haussa les épaules.

Personne ne venait à bout de Gabriel quand il s'y mettait. Sauf le patron, et encore.

Ils chevauchèrent dans l'air frais du matin, et Orlando trouva la Camargue encore plus belle, sereine et lumineuse sous un soleil déjà radieux. Le cheval que lui avait choisi Gabriel était une belle bête, nerveuse, assez petite, à la robe blanche tachetée de gris. La gamin se sentait à l'aise et ne put s'empêcher de

piquer un petit galop, suivi de près par Gabriel.

– Tu te débrouilles bien, complimenta celui-ci lorsqu'ils se remirent au pas.

Orlando sourit, ne s'attendant pas du tout à des félicitations de la part de son compagnon.

– C'est sympa de dire ça.

– Ce n'est pas sympa, c'est la vérité. Ça plaît au patron quand on monte bien.

Le sourire d'Orlando s'accentua.

– Alors, tu dois lui plaire, tu montes très bien.

Gabriel flatta l'encolure de son cheval.

– J'aime ça. Me sentir libre. Parfois, j'ai envie de filer loin, très loin, jamais revenir, voyager...

– Tu n'es pas heureux au mas? demanda Orlando à voix basse. Gabriel le regarda d'un air furieux.

– Mais oui, bien sûr, je suis heureux! Comment pourrais-je ne pas l'être? Ton père est un type généreux qui me loge, me nourrit et m'éduque à la place d'un toquard poivrot!

Et il détala au galop, si vite qu'Orlando eut du mal à le rattraper.

Ils rejoignirent rapidement Manolo qui faisait le tour de ses bêtes.

– C'est bien, tu es matinal. J'aime ça. Gabriel, tu peux t'en retourner à présent.

– Mais je croyais que... bredouilla le gamin.

– Que quoi? coupa Manolo d'un ton sec.

Le petit garçon rougit.

– Rien, fit-il d'une voix étranglée, puis il tourna bride, sans accorder un regard à Orlando.

– Il aurait pu rester, murmura Orlando.

– Il prend trop de libertés. Il ne doit pas oublier qu'il n'est rien d'autre qu'un...

– Un bâtard! Je sais! C'est si important?

Manolo soupira.

– Tu es mon héritier, Orlando, c'est pour cela que tu es ici.

– Justement! Il était temps de vous... de t'en souvenir! Alors, comme ça, le jour de mes douze ans, pile, vous... Zut! tu t'es dit que tu me pardonnais la mort de maman. Et tu m'as pardonné? Tu y es tout de même pour quelque chose dans ma naissance, non?

Sans même s'en rendre compte, le gamin s'était mis à crier, et des gardiens curieux avaient été chassés d'un regard sévère de Manolo. Orlando se tut enfin, un peu essoufflé, soulagé et honteux à la fois d'avoir osé crier ainsi.

Manolo éclata d'un grand rire sonore.

– Tu ne peux pas t'imaginer à quel point tu ressembles à ta mère! Je crois qu'elle serait fière de toi... Tu ne m'as vu qu'hier pour la première fois de ta vie, et tu me reproches déjà d'être un mauvais père.

– Je vous reproche de ne pas avoir été un père du tout, corrigea Orlando d'un ton de défi.

La gaieté de Manolo disparut.

– Tu as peut-être raison... J'ai beaucoup aimé ta mère, malgré... et quand elle est morte, c'est vrai, je t'ai détesté... Et tu as tout à fait raison, j'y suis pour quelque chose dans ta naissance. Je me le suis assez reproché, Orlando. Et maintenant que tu es là, je regrette ma promesse stupide. Je n'aurais pas dû te confier à Marie... Je craignais... de ne pas être capable de t'accepter si tu avais tout le temps été là, et je me rends compte de mon erreur. J'ai perdu du temps... J'espère que tu m'aideras à le rattraper.

Un peu ému, Orlando sourit.

– J'espère aussi.

Les jours suivants, Orlando et son père passèrent beaucoup de temps ensemble, s'habituant l'un à l'autre.

Manolo présentait son fils à tous ses amis, avec fierté, et le gamin s'apercevait qu'il l'appelait «papa» sans effort.

Tout aurait été parfait s'il n'y avait eu l'hostilité sourde et tenace de Gabriel dont Orlando espérait pourtant se faire un ami.

Le garçon obéissait aux ordres de Manolo, conduisait Orlando partout où il le devait, mais toujours en silence.

Orlando avait tenté de rompre ce mutisme en lui posant de nombreuses questions, mais aucune réponse ne venait; chaque remarque et tous ses enthousiasmes butaient contre la froideur de Gabriel.

Le gamin n'osait en parler à son père, de peur qu'il fasse des reproches au jeune garçon. Ou pire. Il se souvenait encore de la gifle qu'avait reçue Gabriel le soir de son arrivée.

Un matin, Orlando se leva plus tôt que de coutume, et décida de faire une balade sur la plage déserte.

Il sella «son» cheval et se dirigea vers la mer.

Il longea le rivage, dépassant le village, humant l'air salé, profitant de la solitude. Il aperçut au loin une drôle de construction, au milieu de la plage, à quelques mètres seulement des premières vagues; il s'en approcha lentement.

Un homme sortit de la maisonnette et lui fit un signe d'amitié.

Orlando s'avança encore, à portée de voix.

– Bonjour! fit-il.

– Bonjour! J'allais faire mon petit tour, mais une visite est toujours la bienvenue. Tu veux du café? Et j'ai du pain frais.

Orlando sentit une petite crampe mordre son estomac. Il n'avait encore rien pris.

– Oui, merci, accepta-t-il en descendant de son cheval.

Il attacha «Benco» à l'un des barreaux des fenêtres.

– C'est un ancien bunker, un cadeau de la dernière guerre.

– J'habite ici, je suis Évariste, se présenta l'homme en s'effaçant pour laisser entrer Orlando.

– Oh! Vous êtes le père de Gabriel! s'exclama le gamin.

Il ne s'attendait pas à voir un homme aussi âgé.

– Tu connais Gabriel? demanda Évariste d'une voix étonnamment douce.

Orlando se souvint des paroles dures de Gabriel.

Son père n'avait pas l'air d'un clochard ni d'un poivrot.

– Oui, je... j'habite, commença-t-il un peu confus.

Il ne savait pas si Évariste connaissait l'opinion de son fils sur lui.

L'homme eut un large sourire.

– Alors, tu es le fils de Manolo. C'est ça?

– Oui.

– Assieds-toi, je réchauffe le café.

Orlando s'installa sur une chaise et regarda autour de lui. Le bunker était gentiment arrangé, comme par une femme. Tout était propre et net, même si visiblement les meubles dépareillés étaient usés et rafistolés. Une multitude de tableaux naïfs décoraient les murs.

– C'est moi qui les ai peints, fit Évariste avec une pointe de fierté dans la voix.

– C'est joli, complimenta Orlando.

L'homme haussa gaiement les épaules.

– Pas vraiment. Je ne suis pas un très bon peintre. Mais ça m'occupe... Je suis à la retraite. J'étais instituteur, dans le temps.

Il versa un café odorant dans deux grosses tasses.

– Tu veux du lait?

Orlando hocha la tête.

– C'est du concentré, je n'ai pas de frigo, ici... Quand j'ai besoin de quelque chose de frais, je vais chez les copains. Je connais tout le monde au village.

– Et mon père?

– Un sacré type, Manolo.

Évariste tendit une boîte de lait à Orlando et versa une bonne rasade de rhum dans sa propre tasse.

– Ça requinque, fit-il en souriant.

Un peu gêné, Orlando lui rendit son sourire.

– Je parie que Gabriel t'a dit que je buvais, et pire encore. Il a peut-être raison, mais... il me juge parfois trop durement. Je suppose que c'est ce que font tous les enfants. Surtout si on ne peut pas les élever. Gabriel ne sait rien des choses difficiles de la vie, sinon il serait moins injuste envers moi.

– Et sa mère, monsieur?

– Évariste... tout le monde m'appelle comme ça.

– D'accord. Moi, c'est Orlando.

– Drôle de nom... Une héroïne, hem, et un héros de Virginia Woolf.

– Je sais... ma mère aimait ce livre... Et celle de Gabriel?

– Tu es un petit curieux, pas vrai? Je crois qu'il n'aimerait pas que je te raconte ça... Bah! De toute façon, ça ne changera pas grand-chose... C'était une gitane. Une Tsigane. Très belle. J'ai été fou d'elle... et quand elle était enceinte, j'ai reçu la visite de ses frères. Ils ont voulu me tuer parce que j'avais osé toucher à leur sœur. Et Manolo les a dédommagés. Il a payé très cher. Comme ils ne voulaient pas du gosse, ils me l'ont laissé devant le bunker lorsqu'il est né.

– Oh! Je croyais que les gitans étaient très attachés à leurs enfants, fit Orlando, choqué.

– Ils n'aiment pas les bâtards, eux non plus... Tu sais, petit, les gitans sont comme tous les peuples. Il y a des types bien parmi eux et des salauds. Les frères de... la mère de Gabriel faisaient partie des salauds, voilà tout. Je ne les ai jamais revus, ni elle.

– Mais pourquoi étaient-ils venus... Oh! Je suis bête! Le pèlerinage.

– Oui, ils étaient venus pour Sara, et ils étaient restés dans le coin un peu plus longtemps pour travailler un peu, pas pour se fixer, mais... Voilà l'histoire, conclut Évariste en se versant encore un peu de rhum.

Orlando se leva.

– Merci pour le café et... les renseignements.

– Pas de quoi... Hem... Il va bien? Je ne le vois pas souvent. Je crois qu'il m'en veut de l'avoir laissé à Manolo, mais... ce n'est pas un bon endroit pour un enfant, le bunker.

Le gamin hocha gravement la tête.

– Je comprends... Au revoir.

– Adieu! Ça veut dire au revoir, ici... Reviens quand tu veux.

– D'accord.

Orlando remonta sur son cheval. Il n'avait plus très envie de continuer sa promenade et il retourna lentement vers le mas.

À présent, il comprenait mieux les envies de liberté de Gabriel.

Il le jalousait un peu d'avoir côtoyé son père pendant tout ce temps, alors que lui n'avait eu que des photos parues dans des journaux.

LE LÂCHE

Son séjour allait bientôt se terminer, et Orlando ne se sentait plus si pressé de retourner à Paris. Bien sûr, Marie et Laurent lui manquaient, mais il redoutait une nouvelle séparation d'avec son père. Les liens fragiles qui se créaient entre eux n'allaient peut-être pas résister.

Il regrettait aussi de ne pas avoir réussi à se faire un ami de Gabriel. Il n'avait pas osé lui avouer qu'il avait rencontré Évariste et qu'il savait beaucoup de choses à son sujet. Tout à la joie de découvrir la Camargue en compagnie de son père, Orlando avait presque oublié qui était Manolo.

Pas seulement son père, ni le propriétaire d'une des plus importantes manades du pays, il était aussi un célèbre matador.

– Veux-tu me voir m'entraîner? demanda Manolo, alors qu'ils terminaient leur petit déjeuner.

– T'entraîner?... Oh! Tu veux dire avec un taureau?

– Évidemment! Tu devrais t'y mettre un jour, tu me succéderas dans les arènes.

Un peu gêné, Orlando tripota nerveusement un bout de pain.

– Je ne suis pas sûr d'aimer les corridas... Euh, je crois que je déteste ça, en fait.

Il soutint le regard furieux de son père.

– Je déteste ça, répéta-t-il à voix lente.

– Et comment peux-tu dire ça? Tu en as vu?

– Non, mais...

– Alors, nous irons! Tu verras comme c'est beau, les habits de lumière et la foule enivrée et haletante, craignant pour ta vie. Et le taureau! Quelle fierté de combattre les plus belles bêtes, les plus puissantes! Quelle ivresse de les soumettre et...

– Je n'ai pas connu la guerre, papa, et pourtant je déteste ça. Je n'ai pas participé à des chasses à courre, et je déteste ça aussi.

– Mais ça n'a rien à voir! La guerre! Tu dis n'importe quoi, et la chasse à courre... je comprends que traquer un pauvre animal jusqu'à la mort...

43

– Et le taureau? Tu ne le tues pas?

– Oui, mais je suis seul, face à lui. Il peut me tuer lui aussi.

– Mais toi, papa, on ne te pique pas avec des banderilles, on ne te rend pas fou en te retenant dans un bout de couloir sombre avant de te lâcher en pleine lumière... Combien de taureaux morts pour un matador tué, papa?

– Tu ne sais pas de quoi tu parles!

– D'un animal qu'on tue pour faire plaisir à des gens qui aiment se faire peur comme ceux qui vont au cirque pour voir un trapéziste tomber, et pas voltiger! Tu le sais, toi, ce qu'il pense, le taureau?

– C'est un honneur pour lui de mourir dans l'arène.

– Parce qu'il le sait, lui? Et ne me dis pas qu'il meurt mieux qu'à l'abattoir. C'est comme s'il fallait choisir entre la peste et le choléra... Je ne serai pas matador.

Un peu essoufflé, Orlando se tut et regarda son père.

Le visage de Manolo était blême de colère.

– Je ne pensais pas que mon fils était un lâche, dit-il lentement.

Le gamin rougit.

– Pense ce que tu veux. S'il n'y avait que les passes avec la muleta, je comprendrais. Mais je ne comprends pas la mort d'un animal pour le plaisir. Je ne comprendrai jamais. Si c'est ça, être lâche, pour toi, alors je suis lâche.

Mireille, qui avait commencé à débarrasser pendant leur dispute, se faisait toute petite, se demandant quelle serait la réaction de Manolo. Elle admirait la calme révolte d'Orlando. Elle commençait à l'aimer beaucoup, et ne voulait pas avoir peur pour lui.

Comme elle avait peur pour Manolo qu'elle avait élevé.

Comme elle avait peur pour

Gabriel que Manolo avait quelque peu initié aux taureaux.

Manolo se leva brusquement.

– Viens! Je vais te montrer.

Il y avait un enclos spécial. Orlando n'y avait pas vraiment prêté grande attention, car tout était à découvrir. Ou peut-être avait-il voulu oublier cet aspect de son père. Était-ce à cause de Laurent, qui était vétérinaire et qui haïssait toutes les inventions des hommes pour faire souffrir les animaux? Il avait transmis à Orlando sa répugnance aussi bien pour la chasse que pour les abattoirs insalubres.

Certains des taureaux de la manade étaient réservés au combat. Les bêtes les plus vigoureuses, célèbres dans toute la Camargue et au-delà. Les taureaux de Manolo avaient participé à des corridas en Espagne; nombreux étaient morts vaillamment, à la grande fierté de Manolo.

Pour s'entraîner, le matador choisissait parmi les animaux les plus puissants du troupeau. Et justement, depuis quelque temps, il s'exerçait avec un taureau féroce et agile.

Il n'avait même pas permis à Gabriel de s'en approcher.

Il montra à son fils les passes les plus audacieuses. La muleta sans cesse frôlée par les cornes du taureau.

Les poings crispés, Orlando assistait à l'entraînement, craignant pour la vie de son père.

Assis près de lui, Gabriel regardait avec une attention égale, mais une lueur d'admiration dans les yeux.

L'exercice se termina enfin, et le taureau fut sorti de l'enclos.

– Alors? demanda Manolo.

– C'était très impressionnant, admit Orlando.

– Cela ne te tente pas?

– Pas vraiment.

– Gabriel se débrouille très bien, lui.

L'intéressé rougit sous le compliment.

Manolo lui tendit sa muleta.

– Montre à mon fils ce que tu sais faire.

Gabriel prit la muleta d'un air de défi, et descendit dans l'enclos.

– Dominique! Fais entrer un taureau.

Orlando fut soulagé de voir un autre animal pénétrer dans l'enclos.

Même s'il lui semblait énorme et féroce, il paraissait moins dangereux que le précédent.

Le gamin admira la dextérité et l'agilité de Gabriel. Il retrouva dans certaines passes la même grâce que celle de son père.

– Parfait, Gabriel, complimenta Manolo. Tu peux arrêter.

Dès que le taureau fut évacué, Gabriel rendit la muleta à Manolo.

– J'aurais pu le laisser venir plus près encore, fit le jeune garçon.

Manolo hocha la tête.

– La prochaine fois... Alors, Orlando, tu ne veux toujours pas apprendre?

Orlando poussa un soupir.

– J'ai déjà dit non.

– Tu as peur? demanda Gabriel d'un ton sarcastique.

– Bien sûr. Tu n'as pas peur, toi?

Gabriel haussa les épaules.

Il ne s'était même pas posé la question.

Il avait à peine six ans quand Manolo l'introduisit dans l'enclos. Celui-ci l'avait d'abord entraîné avec un bout de bois, puis avec des cornes, puis avec un vrai taureau.

– Peut-être, répondit Gabriel.

Il se mordit aussitôt les lèvres, furieux contre lui.

Qu'avait-il à se dévoiler ainsi?

De toute façon, dans quelques jours Orlando partirait et le mas retrouverait sa quiétude. Surtout, il serait à nouveau seul avec Manolo.

– Le vrai courage c'est de dépasser sa peur, n'est-ce pas? Je t'apprendrai, fit Manolo.

– Alors, tu as parfois peur? s'enquit Orlando.

Le matador sourit.

– On ne lutte pas seulement contre un animal. Allez vous promener un peu tous les deux. Il fait si beau!

– Je ne veux pas apprendre à dépasser cette peur, fit Orlando.

Le sourire de Manolo s'élargit.

– Tu dis ça maintenant. Tu verras quand tu vivras avec les taureaux.

Le cœur d'Orlando eut des ratés.

Il n'avait pas sérieusement imaginé vivre tout le temps en Camargue.

– Vivre avec... ici?

– Bien sûr, tu es mon fils. Mon héritier. Il est temps que tu connaisses vraiment ton domaine.

Il y a un excellent lycée à Arles. Dominique t'y conduira et te ramènera tous les...

– Et moi? interrompit Gabriel. J'aurai droit au bus?

Manolo lui lança un regard agacé.

– Tu pourras y être pensionnaire... De toute façon, j'y avais pensé... Évariste trouve aussi que tu dcvrais un peu vivre ailleurs. Et puis, assez discuté! Décampez tous les deux, j'ai à faire!

Il se tourna brusquement et alla rejoindre Dominique, laissant les deux garçons interloqués.

Ils finirent quand même par faire cette balade à cheval. Exceptionnellement, Orlando ne montait pas «Benco» dont l'un des fers avait lâché, mais «Carmen», une jeune pouliche camarguaise, nerveuse, et qu'il avait un peu de mal à tenir. Cependant, il serait mort avant de l'avouer à Gabriel.

Au fond, Orlando n'était pas si ennuyé que ça de chevaucher la pouliche. Il était forcé de se concentrer sur les réactions de l'animal, et d'oublier ses craintes. Depuis la discussion avec son père, il redoutait d'être retenu aux Saintes-Maries, d'être empêché de retourner à Paris.

Quoi qu'il en soit, il devrait revenir en Camargue pour la rentrée. Ou même les vacances. Manolo était son père. Marie et Laurent ne pouvaient s'opposer à sa volonté.

Et que pouvait dire un fils de douze ans? Peut-être risquait-il d'être à jamais séparé de ceux qu'il aimait s'il suppliait son père de le laisser à Paris. Gabriel en pension, il serait seul au mas... Orlando lança un coup d'œil à son compagnon qui chevauchait près de lui, le visage fermé et les lèvres serrées depuis leur départ.

– Je... ne... ça m'embête si tu pars, fit Orlando d'un ton brusque, ne sachant plus que dire.

– Tu parles! Dis plutôt que ça t'arrange que je ne sois plus là. Tu resteras avec ton cher père! J'imaginais pas qu'il puisse aimer un lâche! Moi, si j'avais refusé l'arène, il... Ne te fatigue pas à me raconter des blagues! cria Gabriel.

Surpris par sa véhémence, Orlando hésita un peu avant d'essayer de le convaincre de sa sincérité.

– Mais non, ça ne m'arrange pas... Je ne comprends pas pourquoi mon père et le tien veulent...

– Et le mien! C'est ça! Si tu le connaissais...

– Mais je l'ai rencontré. Il m'a offert un café dans le bunker.

– Quoi?

– Oui... il m'a tout raconté... Ta mère...

– Manquait plus que ça! Qu'est-ce qu'il t'a dit?

Orlando raconta en quelques mots.

– Ce n'est pas ça?

– Mais si! Sauf... Il n'avait pas le droit! Et toi non plus de lui demander! Mais de quoi tu te mêles? Ça te suffit pas d'être le fils de Manolo? Dégage! hurla Gabriel.

Et il frappa brutalement la pouliche d'Orlando.

Affolé par la douleur, l'animal s'enfuit au galop, emportant le gamin accroché à ses rênes.

– L'imbécile! marmonna Orlando.

Il ne tenta pas de ralentir l'allure de son cheval. Il n'était pas fâché de s'éloigner de Gabriel. Cependant, au bout de quelques centaines de mètres parcourus au triple galop, il se rendit compte avec horreur que sa selle glissait. Il voulut arrêter la pouliche, mais il était trop tard, elle n'obéissait plus.

Le garçon voulut se débarrasser de la selle, quitte à la récupérer quand

le cheval serait maîtrisé, mais son pied droit était coincé dans l'étrier.

Orlando s'accrocha comme il put à la crinière de la pouliche, aux rênes, se sentant glisser inexorablement, entraîné par la selle. Une pensée horrible le submergea. Il allait mourir. La selle céderait tout à fait et il allait tomber. Une chute à cette vitesse serait fatale.

Et Gabriel resterait au mas.

– Salaud, murmura Orlando d'une voix plaintive et effrayée.

La selle se détacha complètement.

Orlando s'accrocha à l'encolure de la pouliche; il renonçait à l'espoir de la calmer.

Il ferma les yeux.

Gabriel suivit des yeux avec satisfaction le galop effréné de la pouliche. Orlando méritait bien une bonne trouille pour tout le mal qu'il lui faisait. Cependant, le garçon se rendit compte que quelque chose n'allait pas. Le cheval était emballé, bien sûr, mais Orlando, à titre d'excellent cavalier, aurait dû le maîtriser sans trop de peine. Gabriel comprit enfin ce qui se passait; il s'élança à la poursuite d'Orlando.

Par chance, son propre cheval était plus rapide que la pouliche et il parvint à la rattraper.

Chevauchant à côté d'elle, il agrippa les rênes, la força à ralentir son rythme, puis à s'arrêter au bout de ce qui lui avait semblé des heures.

– Ça va? demanda-t-il d'un ton inquiet.

Orlando était encore trop en colère contre Gabriel pour se rendre compte qu'il l'avait sauvé.

– Tu te fiches de moi? Tu as voulu me tuer! Tu as saboté ma selle! C'est toi, le lâche! Salaud! hurla Orlando d'une voix tremblante de rage et de peur mêlées.

– Non! Non! Je ferais jamais ça, se défendit Gabriel. Je n'y ai même pas touché, à ta selle! C'est Dominique qui s'est occupé de seller les chevaux pour nous. Tu le sais, il est un peu vieux et parfois, il ne serre pas assez... Je me méfie d'habitude, mais...

Il se mordilla les lèvres d'un air malheureux.

Orlando poussa un profond soupir.

– Excuse-moi... J'ai été injuste... Tu m'as sauvé. Merci. C'était vrai ce que je disais, je préférerais que tu restes, je...

– Non! Dis pas ça! C'est inutile! Manolo ne peut avoir qu'un héritier, tu le sais.

Orlando écarquilla les yeux.

– Comment ça, un héritier?

– Rien! Ça m'a échappé. Ça ne veut rien dire! Dégage-toi de l'étrier, je vais...

– Non! Tu en as trop dit, Gabriel, ou pas assez.

Les yeux de Gabriel se remplirent de larmes.

– Mais tu n'as pas compris! Je suis le bâtard de Manolo.

DERNIER COMBAT

Gabriel avait voulu s'enfuir, mais Orlando l'avait retenu, l'avait forcé à lui raconter la vérité.

Et le garçon avait parlé, d'une voix presque cassée tant le secret avait été longtemps et douloureusement porté.

Il avait tout découvert par hasard, un soir où Évariste, plus saoul que d'habitude, était venu au mas. Celui-ci avait appris par Dominique que Manolo commençait à entraîner Gabriel avec un vrai taureau.

Il lui avait reproché sa dureté, mais aussi son silence et sa lâcheté.

Les yeux fermés, Gabriel revivait cette scène qui l'avait si profondément bouleversé peu après son huitième anniversaire.

– Les frères de ma mère étaient venus pour tuer mon père, et... il leur avait promis de l'argent, à condition de ne plus jamais entendre parler d'eux, ni d'elle... Tu allais naître, tu comprends, l'héritier légitime, et moi... c'était mieux si je restais dans un camp de gitans. Mais ta mère a appris la vérité et... a voulu quitter ton père, mais tu es né... et elle... Évariste était là aussi quand elle est morte. Il était son meilleur ami. Elle lui a fait jurer qu'il empêcherait mon.... Manolo de m'abandonner. Et Manolo a dû jurer lui aussi. Seulement, il y avait toi. Et même s'il te détestait parce que, au fond, il adorait ta mère, tu étais quand même son vrai fils. Alors, il a demandé à Évariste de me reconnaître officiellement comme son propre enfant. Tu sais, je crois bien qu'Évariste était amoureux lui aussi de ta mère. Il a accepté et pendant des années, j'ai cru que j'étais son fils. Plus il buvait... sans doute à cause de la mort de ta mère, plus j'étais reconnaissant à Manolo de s'occuper de moi. Jusqu'au soir où j'ai tout appris. Évariste ne voulait pas qu'il m'apprenne à toréer et Manolo hurlait qu'il n'avait pas à se mêler de ça, que de toute façon j'étais son fils, et... Depuis, j'ai eu peur que tu viennes un jour me le prendre. Et c'est arrivé. Si moi, je n'avais pas voulu descendre dans l'enclos, il m'aurait tué, ou chassé, mais toi... Tu es son vrai fils. Je... n'ai que Manolo, moi. Je sais même pas qui est ma mère, ni même si elle est vivante... Toi, tu as au moins des photos, et une tante qui t'aime et qui te parle d'elle. Moi... je regarde toutes les Tsiganes quand elles viennent pour le pèlerinage en espérant que, malgré tout, elle est revenue, que peut-être elle me cherche. Mais je sais bien que non. Mon p... Manolo a donné beaucoup d'argent. Et s'il me chasse du mas...

– Non! Je ne l'ai jamais voulu, et encore moins! Je l'en empêcherais, cria Orlando, ému.

Gabriel secoua la tête.

– Ne sois pas idiot. Tu es chez toi au mas. J'aurais jamais dû te raconter tout ça. Manolo a raison, vaut mieux que je parte.

– Non! Tu as les mêmes droits que moi! Oh! Merde, Gabriel, tu es mon frère!

Gabriel eut un sourire triste et résigné.

– Je suis un bâtard, le fils d'Évariste, et tu ne peux rien y changer. Viens, on rentre... Et s'il te plaît, ne dis rien, jamais.

– Tu plaisantes! C'est trop grave! Et comment je pourrais te laisser partir du mas sans rien dire...

– Il n'y a qu'à la fermer. Comme moi. Tu verras, c'est facile. Parfois, je me dis que Manolo s'est tellement habitué à me considérer comme le fils d'Évariste qu'il finit par le croire.

– Non, tu ne peux pas dire ça!

– Je t'en prie, ne dis rien... ça serait trop compliqué. Je connais Manolo. Si tu ne dis rien, même s'il m'expédie à Arles, je pourrai revenir pour les vacances, je ne serai pas un danger pour... Il n'y a qu'un maître au mas, tu ne peux pas changer ça, Orlando, conclut tristement Gabriel.

Ils rentrèrent au mas, menant les chevaux le plus lentement possible, absorbés par des pensées amères et douloureuses.

Orlando avait fini par promettre de se taire, ce qui avait un peu rasséréné son compagnon.

Toutefois, il s'était aussi juré de mettre le temps qu'il faudrait pour que la vérité soit un jour reconnue par Manolo.

Lorsqu'ils arrivèrent au mas, Manolo les accueillit en souriant, Évariste à ses côtés.

– La balade a été bonne? demanda Manolo, et sa voix était un peu pâteuse.

– Excellente, répondit Orlando.

– Vous êtes en pleine forme tous les deux, alors?

Gabriel haussa négligemment les épaules.

– On peut dire ça.

Un sourire rusé étira les lèvres de Manolo.

– Je suis très content que tu me dises ça... Dominique est allé dire à Évariste que je pensais t'envoyer pensionnaire à Arles, mais il n'est pas d'accord. Alors, je me suis dit que si tu montrais à mon fils que tu es digne de rester ici, ça l'encouragerait à descendre dans l'arène. Tu veux essayer?

Gabriel descendit de son cheval.

Il se remit à espérer. Alors

Manolo voulait bien qu'il reste!

Il n'aurait pas supporté être éloigné du mas.

– Et qu'est-ce que je dois faire? demanda le gamin.

– Juste faire quelques passes avec mon taureau.

– Non! cria Orlando, sautant de la pouliche. Tu n'as pas le droit! Il n'a rien à prouver, il...

– La ferme! coupa Gabriel. Quand?

– Maintenant.

– Pas de problème!

Évariste, le cerveau embrumé par les pastis consommés sans modération, finit par comprendre la proposition de Manolo.

– Pas ce foutu taureau hargneux comme une belle-mère avec lequel tu t'entraînes, Manolo? C'est pas un taureau pour un gosse, protesta-t-il faiblement.

– On y va, fit Gabriel, se dirigeant vers l'enclos.

– Oh, non! Fais pas ça! supplia Orlando.

Mais Gabriel ne l'écoutait plus.

Tous le suivirent vers l'enclos. Mireille, Dominique et les gardiens qui étaient rentrés. Évariste avait l'air un peu hébété. Manolo alla lui-même chercher le taureau.

Gabriel avait peur. Il s'était mesuré à des taurillons, mais jamais à une bête de cette taille.

À vrai dire, il aurait fait n'importe quoi pour rester au mas, près de Manolo.

Une sueur glacée dégoulinait le long de son dos et ses jambes flageolaient.

Il assura fermement la muleta entre ses mains moites.

– Je suis prêt, dit-il d'une voix ferme.

Manolo hocha la tête et il fit entrer le taureau dans l'enclos.

Les lèvres serrées, Orlando

regarda Gabriel accomplir quelques passes, espérant que cela suffirait à son père.

– Mieux que ça, tu es capable, je le sais. Plus près, encouragea Manolo.

Un peu grisé par son habileté, Gabriel céda aux exhortations de Manolo, il n'avait plus peur. Finalement, ce taureau n'était pas si dangereux.

La muleta dansa à nouveau devant l'animal excité.

Les spectateurs, fascinés par le gamin qui faisait voler la muleta comme une flamme rouge, retenaient leur souffle, les yeux rivés sur la scène, n'osant pas un murmure.

– Parfait, juste une dernière pour le plaisir, plus près, fit Manolo, déchirant le silence.

Gabriel commençait-il à se fatiguer? Ou le cri du matador avait-il irrité le taureau?

Personne ne le sut jamais vraiment.

Il y eut à peine un gémissement lorsque la corne du taureau furieux déchira le flanc de Gabriel. Le garçon roula à terre, lâchant la muleta, essayant de se protéger de l'animal qui revenait à la charge.

– Non, murmura Manolo, livide, statufié.

Il y eut d'autres exclamations d'horreur.

Orlando reconnaissait les voix de Mireille et des autres mêlées. Et le taureau prenait son élan.

Sans réfléchir, le gamin sauta vivement par-dessus la barrière, s'empara du bout de tissu rouge, le brandit devant le taureau en poussant des cris aigus pour l'attirer. Le détourner du corps de Gabriel. Il se mit à courir, et l'énorme animal se rua à sa suite. Alors tout s'anima, les spectateurs reprirent vie au sortir de

l'hypnose. Manolo se précipita à son tour dans l'enclos, emportant Gabriel à l'abri.

– Sors, bon Dieu! hurla-t-il.

Orlando n'avait pas besoin de ses exhortations. Il s'était dépêché de rejoindre la barrière, et il eut juste le temps de s'y accrocher, laissant tomber la muleta, avant que les cornes du taureau ne s'enfoncent dans le bois.

Après, ce fut assez confus. Mireille pleurait, Évariste envoya Dominique chercher le docteur.

Manolo qui balbutiait «mon petit, mon petit» à Gabriel qui s'était évanoui, sa chemise claire rougie de sang.

Deux gardiens essayaient de calmer le taureau.

Des hommes et des femmes qu'Orlando reconnaissait vaguement étaient accourus, alertés on ne savait comment.

Enfin, Manolo porta gravement Gabriel au mas. Orlando marchait près de lui.

C'était le matin. Un matin doré à l'air frais et léger. Gabriel dormait paisiblement dans sa chambre. On lui avait fait des radios, des examens de sang et on l'avait recousu à l'hôpital d'Arles. Il avait tout subi sans un mot, ne desserrant les dents que pour demander comme une supplique de retourner au mas.

– Tu as si peur que je te laisse? avait murmuré Manolo d'une voix douce.

Gabriel avait baissé les yeux.

Dans la voiture qui le ramenait aux Saintes, Gabriel avait sommeillé, légèrement affaissé contre Orlando qui n'osait pas s'endormir de peur de bouger et de faire mal au blessé.

Gabriel avait deux côtes cassées et une large cicatrice barrerait longtemps sa poitrine. Le médecin avait déclaré qu'il avait eu énormément de chance.

Manolo l'avait porté dans son lot, et lui avait juré qu'il ne quitterait jamais le mas. Il le veilla toute la nuit.

Orlando, épuisé, avait un peu dormi. Rien n'aurait pu l'empêcher de se lever encore plus tôt que d'habitude. Mireille aussi était déjà debout. Elle avait préparé un odorant café que Manolo buvait à petites gorgées rapides, jetant des regards vers la chambre de Gabriel.

– Il dort, annonça Manolo.

Orlando hocha la tête.

– Tant mieux, faut qu'il se repose.

Son père toussota. Il était difficile pour lui d'exprimer certaines choses. Des sentiments.

– Tu l'as sauvé, dit-il.

Le gamin haussa les épaules.

– J'ai pas réfléchi... j'ai eu de la chance, et lui aussi.

– C'était à moi de le faire...
Mais... quand je l'ai entendu, j'ai été
paralysé, et...

Mireille servit un grand bol de
café au lait et s'éclipsa. Elle savait
qu'elle ne devait pas entendre certaines paroles.

– Ben... tu as quand même réagi.
Je n'aurais pas fait diversion longtemps.

– C'était très courageux.

– Je t'ai dit, je n'ai pas réfléchi...
Tu vas lui dire?

– Quoi?

– La vérité.

– Quelle vérité? cria Manolo.

Orlando soutint son regard.

– Tu sais bien, papa, qu'il est
mon frère, répondit le gamin d'une
voix calme.

Manolo cacha son visage entre
ses mains.

– Comment le sais-tu? murmura-
t-il d'une voix étouffée.

Orlando raconta, simplement.

– Et depuis tout ce temps... Oh! mon Dieu! Il n'a rien dit!

– Je suppose qu'il attendait que tu le fasses. Je suis fier qu'il soit mon frère.

Manolo regarda longuement son fils.

– Tu ne peux imaginer à quel point tu ressembles à ta mère. Elle m'avait pardonné mon infidélité. Elle ne voulait pas que j'abandonne cet enfant... Et j'ai été lâche. Si lâche! Autant vis-à-vis de toi que de lui. Tu crois que tu peux me pardonner? Et lui...

Orlando sourit.

– Je n'aimerai jamais les corridas, mais toi, je t'aime bien. Il faut que tu demandes à Gabriel...

Manolo poussa un soupir.

– Je crois que je préférerais affronter dix taureaux! Et ça va être compliqué de l'adopter... s'il le veut bien... Tu sais, Orlando, je regrette d'avoir attendu si longtemps ta venue.

– Non, ne dis pas ça. Plus petit, j'aurais simplement détesté Gabriel. Et lui aussi. Il ne m'aurait rien dit.

– Mais tu n'es encore qu'un gosse!

– Avoir mal, ça aide à comprendre, papa. Tu m'as manqué aussi.

Ils entendirent un léger bruit, et se retournèrent en même temps.

– Gabriel! Tu n'aurais jamais dû te lever, cria Manolo.

Le gamin eut un sourire crispé.

– Excusez-moi. Je ne voulais pas vous déranger.

Il était pâle, mais ses traits n'étaient plus crispés par la souf-france, comme pendant la nuit.

Il fit mine de retourner dans sa chambre.

– Je te demande pardon pour le mal que je t'ai fait, Gabriel. Pour n'avoir pas osé t'apprendre que tu étais mon fils. Pour ne pas avoir osé dire que je t'aimais, dit très vite Manolo.

Gabriel le regarda, les yeux brillants, incapable de prononcer un mot.

– Tu me pardonnes? demanda Manolo.

Gabriel lança un coup d'œil vers Orlando.

– Tu n'aurais pas dû, reprocha-t-il, mais son ton manquait de conviction.

Orlando éclata de rire.

– Bien sûr que si! Ça commence à faire, les silences et les secrets dans la famille. Et, tu sais, vaut mieux qu'on soit deux pour supporter un père pareil, tu ne crois pas?

Gabriel sourit.

– Tu as peut-être raison...

Son visage se tourna vers Manolo.

– Alors... je peux vous... t'appeler papa?

Marie, qui commençait vraiment à s'arrondir, et Laurent l'attendaient à Orly. Orlando se sentait un peu étourdi par la grisaille parisienne. Deux heures auparavant, il avait quitté le soleil et son père qui avait entouré les épaules de Gabriel en lui faisant un signe d'au revoir, juste avant qu'il ne monte dans l'avion. Orlando ne savait pas qui avait l'air le plus heureux.

Il retournerait aux Saintes-Maries pour les grandes vacances et il devrait décider s'il y resterait ensuite.

Avant son départ, Évariste l'avait invité à prendre un petit déjeuner matinal et il l'avait remercié.

– Je n'en pouvais plus de ce secret. Je... me doutais que Gabriel connaissait la vérité, mais je n'ai jamais osé lui en parler. J'ai eu tort... Heureusement que tu es venu, lui avait-il dit, et il n'avait pas arrosé de rhum son propre café.

Laurent mit le sac de voyage d'Orlando dans le coffre.

– Alors? Il t'a forcé à toréer? demanda-t-il.

Le gamin sourit.

Laurent et ses préoccupations animalières.

– Je ne suis pas transformé en matador, si c'est ta question.

Laurent sourit à son tour.

– C'était ma question... Tu ne nous as pas trop parlé au téléphone ces derniers temps.

– Il n'était pas obligé, fit remarquer Marie.

Orlando crut déceler une note d'amertume dans sa voix.

Elle avait peut-être craint qu'il ne revint pas?

– Je préfère vous voir pour vous raconter tout ce qui m'est arrivé... en particulier, faut quand même que je vous dise que j'ai un frère.

Marie, qui allait monter dans la voiture, resta figée, la portière ouverte.

– C'est lui qui te l'a dit?

Orlando comprit brusquement.

– Tu le savais?

La jeune femme rougit.

– Claire me l'avait dit, avant de mourir... mais je n'étais pas sûre que cet enfant... qu'il l'ait gardé... Je n'ai jamais voulu le savoir... C'est pour ça aussi que j'avais peur que tu partes.

Orlando poussa un soupir.

– Vous êtes doués pour les cachotteries, dans la famille! fit-il d'un ton sarcastique.

– Ce n'était pas mon secret, même Laurent ne savait pas, murmura Marie.

Orlando s'installa dans la voiture.

– Promets-moi au moins qu'il n'y a rien d'autre, style que je suis un enfant trouvé sur le parvis d'une église ou dans la jungle.

– Juré... Tu me pardonnes? demanda Marie.

– J'ai pardonné à papa, tu sais.

Bien sûr que je te pardonne. Dis ça à Laurent.

La jeune femme regarda son mari.

Laurent démarra.

– Je n'avais pas à savoir... mais je suis content que les choses s'éclaircissent, parce que je trouvais que tout était un peu trop compliqué dans votre famille. Heureusement, ma fille aura une vie plus simple. Et comment as-tu trouvé la Camargue?

– Une fille? Super! Je vais avoir une cousine! Euh... Gabriel et moi allons avoir une cousine...

– Parle-nous de ton frère, alors, demanda Marie.

Alors, Orlando raconta.

Volet informatif

Rédaction:
Marie Dufour

LE FIN MOT DE L'HISTOIRE

Une ville de roche, un château pas comme les autres, d'anciennes arènes toujours fréquentées, un bord de mer qui a de l'histoire, une plaine remplie de trésors, des chevaux venus d'un autre temps, des bêtes à cornes et des corridas... tout cela se trouve dans un même paysage: celui du sud de la France. Suivons le guide!

DE LIEU EN LIEU
Les Baux-de-Provence

Dans ce coin ensoleillé de la France, on entend les cigales à des kilomètres à la ronde. Ici, le plat paysage est sillonné par une chaîne de montagnes: les Alpilles. Rien à voir avec les Alpes qui font, par endroits, plus de 4 500 mètres de hauteur! Les montagnes du Sud, elles, s'élèvent à 492 mètres.

Sur un promontoire détaché de ce massif rocheux, on découvre les Baux-de-Provence, un village tout droit sorti du Moyen-Âge. La cité se parcourt à pied, entre les ruines et la pierre. Des portes fortifiées, des maisons du XVe siècle, des celliers pour l'entreposage du vin font partie du décor. Tout comme les ruines d'un château et un donjon du XIIIe siècle. Il ne manque que le mistral, ce vent violent soufflant du nord, et l'odeur de la lavande pour animer les Baux-de-Provence. Ajoutons que le village a donné son nom à la bauxite, une roche de couleur rougeâtre exploitée comme minerai d'aluminium.

Aigues-Mortes

Plus au sud, dans un site de marais dont on extrait du sel, se dressent les remparts de Aigues-Mortes. Cette belle enceinte médiévale, très géométrique, a déjà été un port important. Les villes de cette époque avaient en effet grand intérêt à s'établir au bord des cours d'eau. Ainsi, on voyait venir l'ennemi et on pouvait partir à la conquête du monde. En 1248, le roi saint Louis a d'ailleurs pris la mer à Aigues-Mortes pour se rendre en Égypte et, plus tard, à Tunis. Aujourd'hui, on peut encore visiter la tour de Constance qui a déjà servi de phare et de prison.

Arles

Avec ses monuments romains, Arles se révèle l'une des plus intéressantes villes d'art de France. On trouve en effet dans ce centre touristique de magnifiques arènes pouvant accueillir 21 000 spectateurs et un théâtre. Ces bijoux d'architecture ont plus de 2 000 ans.

Située sur le bord du Rhône, la cité de Arles possède bien d'autres trésors. Au centre de la place de la République, on peut voir un obélisque égyptien en granit, l'hôtel de ville du XVIIe siècle et la tour de l'Horloge du XVIe siècle. Quant à l'église Saint-Trophime, c'est un véritable chef-d'œuvre d'art roman provençal. Au Musée d'art chrétien, on présente, d'autre part, une très importante collection de sarcophages des IVe et Ve siècles. Galerie souterraine, vestiges de thermes, soit des bains publics qui datent de l'Antiquité, œuvres de toutes sortes... les richesses artistiques sont innombrables à Arles.

La Camargue

Riche plaine, la Camargue est enserrée entre les bras du Rhône. Ici se mêlent donc l'eau du fleuve et la terre. Sur ce grand territoire, on retrouve des mas. Ce sont des centres d'exploitation où l'on cultive des vignes, des pommiers, des légumes dans les plus hautes terres. Dans les zones qui peuvent être arrosées, on fait plutôt pousser des plantes fourragères, du riz et des raisins. Dans les terres basses qui s'assèchent après avoir été envahies par l'eau de mer, on récolte de grandes quantités de sel.

Plus près de la mer, on trouve plusieurs étangs qui forment une réserve naturelle zoologique et botanique. Ce parc régional est en effet peuplé d'oiseaux de toutes sortes, dont les célèbres flamants roses. Ces grands échassiers nichent de temps à autre dans les marécages. Des milliers de canards, des mouettes, des cormorans, des hiboux, des faucons et des hérons fréquentent aussi les différents plans d'eau. L'étang le plus important est celui de Vaccarès. En Camargue, on peut voir aussi des sansouires, des prairies de plantes grasses adaptées au sel. C'est là que s'alimentent les manades de taureaux et les chevaux.

Saintes-Maries-de-la-Mer

Tout au bout de la Camargue, Saintes-Maries-de-la-Mer s'étend comme un long ruban au bord de la Méditerranée. S'il n'y avait pas une solide digue en pierre tout le long de cette bande de terre, la mer finirait par emporter le village. Lieu recherché par les vacanciers, Saintes-Maries-de-la-Mer est aussi un endroit où l'on pratique la pêche. On y trouve également des élevages de chevaux et de taureaux, de même que des cultures de riz.

L'église fortifiée du village date du XIIIe siècle. Deux fois par année, on y fait des pèlerinages. En mai, par exemple, quelques 20 000 gitans provenant de tous les coins de l'Europe viennent célébrer la fête de Sara, leur sainte patronne.

DES CHEVAUX BLANCS D'UN AUTRE TEMPS

En Camargue, on trouve deux espèces d'animaux bien particulières: les taureaux noirs et les chevaux blancs. Ces derniers peuplent la région depuis fort longtemps, soit bien avant l'arrivée des soldats romains. En fait, on ne connaît pas l'origine précise des chevaux blancs et le moment précis de leur établissement en Camargue. Isolés du reste du monde, ces animaux ont, en tout cas, développé des caractéristiques uniques. Ainsi, ils sont capables de circuler aisément aussi bien dans les marécages et les étangs que sur la terre ferme. Nobles

cavaliers d'hier ou éleveurs d'aujour-
d'hui, les Camarguais se montrent très
fiers de leurs chevaux blancs.

Mais à quoi ressemblent donc ces
célèbres bêtes? Mis à part leur couleur
blanche, ce qui frappe d'abord, c'est leur
charpente solide. Leur taille varie en
effet entre 122 et 146 centimètres. Leur
tête plutôt carrée et leurs larges sabots
leur permettent de se tenir d'aplomb
dans les terrains marécageux où pous-
sent les plantes aquatiques dont ils se
nourrissent.

La majorité des poulains camarguais
viennent au monde durant les nuits du
printemps. Les petits réussissent à se
dresser sur leurs pattes, moins d'une
heure après leur naissance. Tous les
poulains sont de couleur noire, rouge
ou brune. Leur teinte change toutefois
progressivement. Cela commence par
une étoile blanche au milieu du front.
Puis, la robe du cheval pâlit, jusqu'à ce
qu'il ne reste que des taches noires ici
et là. Entre trois et sept ans, les chevaux deviennent complètement blancs.

Pourquoi? On croit que les moustiques y seraient pour quelque chose.

Plus blancs, donc moins attirants

Au mois de mai, l'eau des étangs de la Camargue devient un lieu propice pour la multiplication des insectes. Taons, moucherons et moustiques envahissent alors la région pour une période de six mois. Incommodés par ces nuées de «vampires», les chevaux doivent se tenir en terrain découvert pour profiter des bons services du vent. Frappant le sol avec leurs pattes avant, les animaux battent l'air avec leur queue pour éloigner les indésirables. Ils forment aussi des groupes plus importants pour se défendre contre l'ennemi.

On dit, par ailleurs, que les couleurs foncées attirent davantage les moustiques. Le changement de couleur des chevaux camarguais pourrait donc être le fruit d'une adaptation. En devenant blancs, les animaux surmonteraient un important inconvénient de leur milieu de vie.

Temps froid, temps doux

Autre réalité difficile pour les chevaux camarguais, le climat se montre parfois cruel. En hiver, le mistral peut souffler pendant des jours. Et en cette saison difficile, il faut être débrouillard pour s'alimenter. Les bêtes passent alors entre 50 et 60 % de leur temps à manger. Pour remplacer les plantes aquatiques et les herbages qui ont une grande valeur nutritive, les chevaux consomment les rameaux et l'écorce des arbres. La nature est alors peu généreuse. Pourtant, un jour, le vent tombe. Et les animaux camarguais peuvent à nouveau circuler dans la plaine... au grand bonheur des observateurs venus contempler ces chevaux d'un autre temps.

TAUREAUX, TOREROS ET CORRIDAS

En Camargue, on élève des taureaux noirs qui ont toute une réputation. On y trouve, en fait, 15 élevages de bêtes de caste espagnole, celles qui ont les atouts requis pour participer à une corrida.

La ville de Nîmes serait la capitale française de la tauromachie. Son amphithéâtre peut accueillir plus de 20 000 spectateurs. Mais on sait qu'en 1289, on tenait déjà des combats avec des taureaux à Bayonne. Ce qui ne veut pas dire qu'il n'y en avait pas avant cette date. Au XIIIe siècle, d'ailleurs, le succès d'une fête royale reposait sur un personnage: l'homme qui tuait des taureaux. On les nomme «toreros». À cette époque, ces braves abattaient probablement l'animal d'un jet de javelot. Il fallait un coup précis et puissant qui devait demander une force incroyable. Ces combats symbolisaient la virilité et le sens de l'honneur.

En 1531, on dit qu'un Andalou a été le premier à attendre calmement le taureau du haut de son cheval dont il avait bandé les yeux pour qu'il ne prenne pas peur en voyant venir la bête.

Corrida en règle

Une corrida compte toujours six combats mettant aux prises trois toreros différents qui devront affronter deux taureaux chacun. Le but du combat consiste à mettre à mort la bête. La façon de procéder a été définie en fonction des caractéristiques de l'animal et dans le respect d'une certaine égalité du combat. L'épreuve oppose en effet un animal de 500 kilos, armé de deux cornes redoutables, et répondant à un instinct d'attaque, à un homme armé d'une épée et d'un leurre. Le torero doit surtout miser sur l'intelligence et sur la connaissance de la stratégie appropriée pour venir à bout de son adversaire.

Un combat se déroule en trois temps. Dans le premier tiers, c'est l'épreuve de la pique, une sorte de lance. Cette étape vise à calmer la fureur de la bête qui ne pourrait d'ailleurs être affrontée si elle était en possession de tous ses moyens. L'attitude de l'animal durant cette épreuve permet de juger de sa bravoure et de son rang. C'est l'une des plus belles phases de la course, car elle met en valeur l'animal et lui donne le premier rôle avant que l'homme ne s'impose à lui.

C'est aussi durant ce tiers que le torero montre qu'il sait manier la cape. Il reçoit le taureau dans les plis de l'étoffe et l'amène au cheval. Puis, il l'en écarte pour éviter que la pique ne dure trop longtemps. Les passes les plus spectaculaires se donnent par le bas et en rond. Faite de toile, le cape sert donc à ralentir et à orienter le taureau après son entrée dans l'arène.

Au deuxième tiers du combat, le torero utilise des banderilles, des dards ornés de bandes multicolores qui seront plantés dans les épaules du taureau. Cette étape sert à revigorer l'animal après l'épreuve de la pique.

Le troisième et dernier tiers est celui de la mise à mort. Il s'agit d'une partie très technique. Le torero doit donner à la bête la possibilité de l'atteindre. Quand il enfonce son épée dans le corps de l'animal, il doit viser la croix qui se trouve à l'intersection de l'épine dorsale et des omoplates. Il est alors à la merci des cornes, puisqu'il les cache en tentant d'atteindre l'endroit fatal. Des toreros célèbres ont d'ailleurs perdu la vie lors de l'exécution de cette manœuvre.

Bien sûr, il y a toujours eu des opposants aux corridas. Certains jugent ces spectacles comme des sacrifices rituels. Chose certaine, ces combats respectent, depuis longtemps, des règles et un cérémonial précis. Et que l'on soit pour ou contre, cette tradition ne risque pas de disparaître demain, en Espagne comme en France.

Traje de luces

Ce nom donné au costume du torero signifie «habit de lumière». Celui-ci comprend des fils d'or, de la soie et des broderies compliquées. Le choix des couleurs répond aux goûts personnels et aux superstitions des toreros. À noter que ceux-ci utilisent peu le jaune. On dit, d'autre part, que le rouge est l'habit des vaillants et le blanc, celui des techniciens sûrs d'eux. Mais aucune couleur ne sait donner talent et volonté au torero.

DES MOTS EN ÉCHO

Anodin
Qui est sans importance.

Bunker
Mot allemand
qui désigne
un abri enterré,
très protégé.

Dextérité
Habileté dans la manière d'agir.

Exhortation
Encouragement.

Flageoler
Trembler
d'émotion.

Haletant
Essoufflé, hors d'haleine.

Hargneux
Agressif.

Inexorablement
Obligatoirement.

Insalubre
Malsain, nuisible à la santé.

Interloqué
Mis dans
l'embarras,
surpris.

Livide
Extrêmement pâle.

Matador
Celui qui est chargé de la mise à mort du taureau dans les corridas.

Manade
Troupeau de taureaux ou de chevaux en Camargue.

Muleta
Morceau d'étoffe rouge dont se sert le matador pour fatiguer le taureau.

Rasade
Quantité de boisson représentant un verre rempli à ras bord.

Rustique
Fabriqué artisanalement à la campagne,
dans un style traditionnel.

Statufié
Figé comme
une statue.

Supplique
Demande pour obtenir une faveur.

Temporiser
Attendre un meilleur moment pour agir.

Véhémence
Emportement, fougue.

DES EXPRESSIONS
QUI EN DISENT LONG

Une voix aux inflexions chantantes
Une voix qui change de ton, comme
si la personne chantait.

L'odeur saline
Une odeur de sel.

Un visage hâlé
Un visage bruni par le soleil
et le grand air.

Une volonté inflexible
Une volonté de fer. Vouloir agir
à tout prix.

Un ton narquois
Un ton moqueur.

Rompre ce mutisme
Faire quelque chose pour que cesse
le silence.

Des chasses à courre
Chasses où l'on poursuit le gros gibier
avec des chiens qui courent.

Le cerveau embrumé
Avoir les idées confuses.

Achevé d'imprimer
en mars 1997
sur les presses de
Imprimerie H.L.N.

Imprimé au Canada – Printed in Canada